Santana _H

Ein Leben zwischen Liebe und Angst

Dieses Buch wurde digital nach dem
neuen „book on demand"
Verfahren gedruckt.

Gedruckt in der Europäischen Union
auf umweltfreundlichem, chlor-
und säurefrei gebleichtem Papier.

Für den Inhalt und die Korrektur
zeichnet der Autor verantwortlich.

© 2024 united p. c. Verlag

ISBN 978-3-7103-5856-2
Umschlagfoto: www.pixabay.coom
Umschlaggestaltung, Layout & Satz:
united p. c. Verlag

www.united-pc.eu

Inhaltsverzeichnis

Kapitel 1: Abgrund

Unbekannt: „STIRB, LORY! WENN ICH DICH NICHT HA-BEN KANN TUT DAS KEINER!" Plötzlich hörte ich einen lauten Schuss und fiel zu Boden. Mein Kopf schlug auf den harten Holzboden auf und ein stechender Schmerz durchzog meine Brust genau links neben meinem Herzen.

Instinktiv legte ich meine Hand auf die Wunde.

Meine Brust, sie war blutüberströmt.

Lory: „Was hast du getan?!"

Unbekannt: „ICH SETZE DEM EIN ENDE LORY!"

Er kniete sich auf mich und starrte mich von oben herab an, tief in meine Augen. Mit seinem Finger drückte er in meine Schusswunde. Mir wurde schwarz vor Augen, ich hatte keine Kraft mehr, um zu schreien.

Lory: „Dylan ... Wieso tust du das? Ich,... ich kann dich nicht heiraten ... Ryan ..."

Dylan: „OH NEIN, NICHT RYAN! ICH LORY, ICH! DU BEDEUTEST RYAN NICHTS ODER SIEHST DU IHN HIER IRGENDWO?!"

Lory: „Ich, ... ich kann nichts sehen ... bei dir nichts fühlen ..."

Plötzlich wurde alles schwarz. Es geschah wie in Zeitlupe. Ich hörte nur noch, wie eine Holztür zuschlug. Eine Männerstimme. Ich kannte sie, aber konnte sie aktuell nicht zuordnen.

Dann hörte ich nur noch den Teil eines Satzes, danach wurde alles dunkel und still.

???: „DYLAN! Stop! Nicht Lory! Nicht jetzt! Nicht heute! Ich weiß, wer du bist und was du ..."

Vier Wochen vor diesem Tag

Ich stand nackt vor dem Spiegel im Badezimmer. Meine Hände stützten sich auf dem Waschbecken ab, während ich tief in meine eigenen grünen Augen blickte. Neben mir lag das rote Cocktailkleid. Ich hörte, wie Dylan draußen schrie und auf mich wartete. Er wurde wütend, weil ich zu lange im Bad brauchte. Dylan ist mein „Verlobter". Meine Mutter hat diese Ehe arrangiert. Obwohl ich Deutsche bin und keinen religiösen Hintergrund habe, die mir das vorschreibt, ist meine Mutter sehr konservativ. Mein Name ist Lory und ich bin jetzt 25 Jahre alt. Ich konnte mich noch nie richtig verlieben. Bei Dylan empfinde ich nichts außer Angst und Hass. Ich habe versucht, meiner Mutter beizubringen, dass Dylan ein schlechter Mensch ist, aber sie ist überzeugt, dass Dylan genau der Mann ist, den ich brauche. Meine Mutter bestimmt alles und trotzdem ist sie nie hier. Dylan ist ein Mistkerl, aber egal wie oft ich versuche, Hilfe zu bekommen, kommt entweder etwas dazwischen, oder ich werde nicht ernst genommen. Ich weiß, dass ich alt genug bin, um selbst zu entscheiden, aber das ist mir nicht möglich ... Entweder bekomme ich von Dylan Prügel oder meine Mutter macht mir das Leben zur Hölle.

Die wütenden Schritte wurden immer lauter und näher, während ich mich im Badezimmer beeilte. Ich zog schnell mein Kleid an, richtete mein Make-up mit den Fingern und lockerte meine Haare auf. Gerade als ich die Badezimmertür öffnete, stand Dylan vor mir und blieb abrupt stehen. Er sah wütend aus, aber auch erleichtert über mein Aussehen.

Dylan: „Endlich! Ich dachte, ich müsste ewig auf dich warten! Beim nächsten Mal musst du schneller sein, hast du verstanden?"

Er erwartete eine Antwort, also gab ich ihm eine.

Lory: „Natürlich, Dylan. Es tut mir leid."

Er schaute mich nur an und drehte sich dann um, lief voraus und schrie:

Dylan: „Komm jetzt, Lory! Wir haben ein Abendessen mit meinem Chef!"

Ich folgte ihm und wir stiegen ins Auto, um zu Dylans Chef zu fahren. Nach etwa einer halben Stunde kamen wir an. Wir saßen dort schon seit zwei Stunden und ich hatte nicht viel zu sagen. Ich durfte nicht. Wenn ich mich falsch benahm oder etwas Falsches sagte, bekam ich von Dylan unter dem Tisch einen Tritt. Also schwieg ich lieber, um nicht seine Laune zu verderben. Die meiste Zeit unterhielten sie sich über die Arbeit. Zwischendurch kam die Frau von Dylans Chef zu mir und fragte, wie es mir geht. Ich antwortete immer nur höflich:

„Mir geht es gut, ich hoffe Ihnen auch." Ich wollte nicht auffallen. Sie fragte mich auch mehrmals, was ich beruflich mache. Ich hätte ihr gerne gesagt, dass ich arbeiten möchte, aber nicht darf, weil Dylan nicht will, dass ich zu viel Kontakt zu anderen Männern habe oder zu oft draußen bin. Er ist der Mann und er bringt das Geld nach Hause. Meine Aufgabe ist es, den Haushalt zu machen. Einkaufen darf ich noch, solange ich abends warmes Essen auf den Tisch bringe. Anstatt ihr das zu sagen, antwortete ich freundlich, aber resigniert:

"Dylan, mein lieber Mann, verdient so gut, dass ich mich voll und ganz auf die Ordnung zu Hause und sein Wohlergehen konzentrieren kann."

Sie lächelte stolz, und ich dachte nur: Na toll, noch eine, die in der Alten Welt lebt.

Wir waren nun beim Dessert angekommen und es wurde Kuchen serviert. Ich aß langsam, um nicht unangenehm aufzufallen. Als ich ein kleines Stück probierte, bemerkte ich, dass der Boden des Kuchens sehr trocken war und ich mich fast verschluckte. Ich wollte Wasser trinken, doch es schien keines in der Nähe zu geben. Alle blickten mich besorgt an, besonders Dylan neben mir, der einen wütenden Ausdruck im Gesicht hatte. Der Chef und seine Frau fragten mich, ob ich Wasser benötigte. Bevor ich antworten konnte, mischte sich Dylan ein.

Dylan: „Nein, keine Sorge, sie braucht kein Wasser. Lory wird jetzt ins Bad gehen und sich frisch machen oder nicht, Lory?"

Ich sah ihn an und sein Blick verriet mir, dass ich Ärger bekommen würde, wenn ich widersprach. Also nickte ich immer noch leicht hustend und begab mich ins Badezimmer. Dort trank ich Wasser aus dem Wasserhahn und der Husten ließ langsam nach. Ich atmete tief durch und dachte bei mir: „Verdammt!"

Nach etwa fünf Minuten kehrte ich zurück. Dylan stand bereits an der Tür in seinem Anzug mit seinen kurzen blonden Haaren und signalisierte mir, dass wir gehen würden. Wir machten uns also auf den Heimweg, eine halbe Stunde sind wir nach Hause gefahren. Wieder zu Hause angekommen, sprach Dylan kein Wort mit mir. Weder im Auto noch jetzt. Ich ging ins Schlafzimmer und begann damit, mir an meinem Schminktisch meinen Schmuck abzulegen. Doch plötzlich spürte ich zwei starke Hände, die mich festhielten. Dylan zog meine Hände auf meinen Rücken und legte seine andere

Hand um meinen Hals. Er drückte meinen Kopf nach hinten, sodass ich seinen Atem auf meiner Stirn spürte. Ich sagte ihm, dass er mir wehtat, doch es schien ihm egal zu sein.

Stattdessen drückte er sich gegen mich, sodass ich mit dem Oberkörper auf dem Schminktisch lag. Seine Hände strichen langsam über meinen Rücken, während er schwer und erregt atmete.

Lory: „Bitte, Dylan, was soll das? Hör bitte auf, ich will das nicht."

Ich zitterte und meine Stimme bebte vor Angst.

Dylan: „Du hast das zu wollen! Weißt du überhaupt, dass du mich heute mit deinem Benehmen blamiert hast? Zum Glück hast du dich so hübsch gemacht, so konnte man dich zumindest gut anschauen. Du siehst verdammt geil aus."

Der letzte Satz, den er sagte, verursachte Gänsehaut am ganzen Körper. Plötzlich drehte er mich schnell um und setzte mich auf den Tisch, seine Beine zwischen meinen. Er ließ meine Hand nie los, sodass ich keine Chance hatte, mich zu bewegen, außer wie er es wollte. Er holte aus und schlug mit der flachen Hand meine Wange. Dann holte er erneut weit aus und schlug mir mit der Faust ins Auge. Ich schrie, aber er hielt mir den Mund zu. Anfangs konnte ich nichts sehen, alles war verschwommen, aber es wurde langsam besser. Ich hoffte, dass er jetzt aufhören würde, aber er sagte nur:

Dylan: „So, du hast deine Strafe bekommen. Jetzt brauche ich eine Belohnung. Geh auf das Bett und zieh dich aus. Wenn du es nicht tust, werde ich es tun. Verstanden?" Ich flehte:

Lory: „Nein, bitte nicht. Ich bin müde und kann nicht mehr." Doch er antwortete gleichgültig:

Dylan: „Das ist mir egal, ich kann noch. Du oder ich, wer legt dich jetzt aufs Bett?"

Ich zögerte und schaute nur auf den Boden. Bevor ich antworten konnte, wurde er wütend, lief auf mich zu, riss mein Kleid auf und warf mich auf das Bett. Es kümmerte ihn nicht, dass meine Wange rot war und mein Auge brannte. Er interessierte sich überhaupt nicht für mich. Jetzt ging es nur noch um seine Bedürfnisse. Dass ich mich unwohl fühlte und keine Lust hatte, war ihm egal. Mein Herz schlug schneller, als Dylan anfing, sich auszuziehen. Ich schrie noch einmal laut und bat ihn aufzuhören, weil ich das nicht wollte. Er verdrehte die Augen und ging weg. Ich war erleichtert und wollte gerade aufstehen, als er zurückkam, nackt und mit einem Tuch und einem Seil in der Hand. Ich bekam Angst, stand schnell auf und fing an zu weinen. Mit zittriger Stimme flehte ich ihn an, es sein zu lassen. Er sollte aufhören! Er schmiss mich aufs Bett, schrie und stopfte mir das Tuch in den Mund. Er hielt meine Hände fest und band sie mit dem Seil zusammen. Ich war machtlos. Meine Gedanken waren leer, meine Augen nass, meine Wangen mit Tränen bedeckt. Ich schloss die Augen und ließ ihn gewähren. Es blieb mir nichts anderes übrig. Er war sehr grob und ließ mir keine Chance, mich zu erholen oder darum zu bitten, dass er aufhört.

Ich weiß nicht genau, wie lange es gedauert hat, aber als er fertig war, ließ er mich frei und entschuldigte sich.

Er sagte immer wieder, dass es ihm leidtue, dass er das nicht hätte tun dürfen. Ich sagte nichts, bis er schließlich einschlief. Als er fest genug schlief, ging ich ins Bad und betrachtete mein Gesicht und meinen Körper im Spiegel. Mein Auge war blau und meine Wange rot. Ich weinte, ich musste den Frust herauslassen, das ging einfach zu weit. So etwas hatte er noch nie getan. Ich stand einfach nur da. Irgendwann später ging ich ins Bett. In der restlichen Woche war er viel unterwegs und ich putzte das Haus, erledigte Einkäufe und überlegte, wie zur Hölle ich aus diesem Albtraum entkommen könnte. Zum Glück griff er in den folgenden Tagen nicht erneut an wie in der Nacht beim Abendessen, aber ich konnte einfach nicht mehr. Ich werde ihn NICHT heiraten! Ich hatte Besseres verdient, also dachte ich mir fest entschlossen: Plan für die nächste Woche: Ihn verlassen! Abhauen! Was auch immer! Hauptsache weg!

Kapitel 2: Der Fluchtplan

3 Wochen vor dem Tag

Es war Montag, und Dylan war heute Morgen ziemlich zynisch und aggressiv. Um Schlimmeres zu vermeiden, habe ich mich so verhalten, wie er es wollte. Ich stand in der Küche und spülte das Geschirr vom Frühstück ab. Wie immer durfte ich das Haus nicht verlassen, außer zum Einkaufen. Dylan brauchte etwas, also sollte ich es ihm besorgen, damit er heute Abend sein Bier hatte. Also gut, dachte ich mir. Ich holte meine Sachen, zog mich an und ging zum Auto. Ich habe einen Führerschein, darf aber selten mit dem Auto fahren. Wie bereits erwähnt, nur zum Einkaufen, da ich nicht arbeiten darf. Dylan hat ein Navigationsgerät mit GPS-Tracker. Er behauptet, es sei dafür da, um mich zu finden, falls etwas passiert. Aber ich habe das Gefühl, dass es dazu dient, mich zu kontrollieren. Also fällt das Auto auch bei der Flucht weg. Zumindest dieses Auto. Ich kam am Supermarkt an und war bereits an der Kasse. Ich hatte das Abendessen für heute Abend und Dylans Bier einen Sechserträger eingekauft. Als ich den Einkauf in den Kofferraum gepackt hatte, sah ich etwas weiter entfernt einen Blumenladen. Draußen standen so schöne Lilien, die wollte ich unbedingt haben. Also schloss ich das Auto ab und ging zu Fuß über die Straße zum Blumenladen. Als ich ankam, stand ich draußen und betrachtete die Lilien. Es war niemand hier, weder draußen noch im Laden. Ich nahm mir die Lilien, die hinten standen, und ging in den Laden, um zu bezahlen, doch eine Person war da, ein

Mann stand an der Kasse, er war sehr attraktiv. Wie aus dem Bilderbuch. Groß, stark, braunhaarig und mit Dreitagebart. Er hatte ein schönes Lächeln. Irgendwie wurde ich nervös, als ich ihn sah. An der Kasse angekommen, sah ich das Namensschild „Ryan". Ein schöner Name, dachte ich.

Ryan: „Hallo, die Lilien sind wunderschön, oder? Du hast einen guten Geschmack."

Plötzlich schaute er etwas geschockt und irritiert. Sein Blick wirkte schmerzhaft.

Ryan: „Geht es Ihrem Auge gut? Das sieht schmerzhaft aus."

Instinktiv berührte ich mein Auge.

Lory: „Oh ja alles gut. Zusammenstoß mit einer Tür."

Natürlich war das nicht glaubwürdig, aber was sollte ich sonst sagen? Wenn ich ehrlich antworten würde und Dylan irgendwie herausfinden würde, dass jemand anderes weiß, was er für ein Arschloch ist, würde es Ryan nur in Gefahr bringen. Wenn das Gespräch länger dauert und das Auto weiterhin stillsteht, wird Dylan es bestimmt merken, so versuchte ich, das Gespräch so kurz wie möglich zu halten.

Ryan: „Wie heißen Sie?"

Lory: „Lory."

Ich lächelte leicht. Es freute mich, dass er sich für mich interessierte. Er sprach weiter, während er die Blumen einscannte.

Ryan: „Lory ist ein schöner Name." Er lächelte dabei und schrieb etwas auf den Kassenbon, ich konnte aber nicht erkennen, was er schrieb, ich achtete nur auf sein Gesicht, irgendwas daran bewunderte mich. Danach nannte er mir den Preis. Ryan: „Das macht dann 20 Euro."

Ich gab ihm das Geld. Als ich die Blumen und den Kassenbon nehmen wollte, berührte seine Hand meine. Für einen kurzen Moment verharrten wir so. Es fühlte sich an wie ein kurzer Stromschlag, der durch meinen Körper fuhr und mir Gänsehaut und ein warmes Gefühl gab. Wir schauten uns tief in die Augen. Kurz darauf kam eine Kundin rein und wir trennten uns.

Ich beeilte mich zurück zum Auto und setzte mich auf den Fahrersitz. Ich nahm meine Tasche und holte mein Portemonnaie heraus, um den Kassenbon einzustecken. Auf der Rückseite stand etwas mit einem Kugelschreiber geschrieben:

„Hier ist meine Nummer. Ich glaube nicht, dass es die Tür war. Wir kennen uns kaum, aber wenn du Hilfe brauchst oder Ablenkung, melde dich – R."

Irgendwie musste ich lächeln und steckte den Kassenbon in meinen BH, damit Dylan die Nachricht nicht findet. Ich startete das Auto und fuhr nach Hause. Als ich ankam, hatte ich bereits alles für Dylan vorbereitet, wenn er nach Hause kommt. Nun saß ich draußen im Garten und betrachtete meine frisch gepflanzten Lilien. „Wunderschön", dachte ich. Es waren noch drei Stunden, bis Dylan nach Hause kommt. Drei Stunden Ruhe. Jetzt musste ich an Ryan denken.

Ein Mann, der mich nicht kennt. Ein Mann, den ICH nicht kenne, der so nett und einfühlsam zu mir ist. Das Gefühl, das ich hatte, war unglaublich, aber ich konnte es noch nicht einordnen. Ich nahm den Kassenbon und las seine Nachricht erneut. Ich holte mein Handy heraus und speicherte seine Nummer unter „Getränkelieferung für die Hochzeit" ab. Das würde bei Dylan keinen Verdacht erregen, da die Hochzeit erst in drei Wochen stattfindet. Auf keinen Fall werde ich ihn heiraten. Ich stand auf und ging zur Feuertonne, um den Kassenbon anzuzünden, damit Dylan die Nachricht niemals lesen kann. Den Rest der Zeit, bis Dylan zurückkam, verbrachte ich damit, das Haus zu putzen und das Abendessen vorzubereiten. Als er zurückkam, war er genauso schlecht gelaunt wie am Morgen, aber er ließ mich in Ruhe, abgesehen von ein paar groben Handgriffen. Das war ich mittlerweile gewohnt. Als er abends im Wohnzimmer saß, mit seinem Bier und dem Fußballspiel im Fernsehen, zwang er mich einfach nur dazusitzen. Ich sagte, dass ich kurz auf die Toilette müsse. Er nickte nur und sagte, ich solle mich beeilen. Also ging ich ins Badezimmer. Irgendwie taten mein Gesicht und mein Rücken weh. Ich cremte mein Gesicht ein und zog mein Oberteil hoch. Ein großer bläulicher Fleck. Das muss passiert sein, als Dylan mich gestern ... Nein! Nein! Nein! Nicht schon wieder! Tränen schossen mir in die Augen und ich fing an zu weinen. Ich kann das nicht mehr ertragen! Langsam rutschte ich die Wand hinunter, bis ich saß, und legte meinen Kopf in meinen Schoß, um zu weinen. Nach einer Weile war ich fest entschlossen und tränen los, dass ich mir dachte „Das muss ein Ende haben!" Ich griff nach meinem Handy, das in meiner Hosentasche war, wischte mir die Tränen aus dem Gesicht und begann eine Nachricht an Ryan zu schreiben.

Lory: "Hey hier ist Lory. Ich weiß, die Nachricht ist wahrscheinlich merkwürdig und du kennst mich ja noch nicht mal richtig, aber ich brauche deine Hilfe. Ich glaube, ich kann dir vertrauen. Können wir uns morgen um 13:00 Uhr bei deinem Blumenladen treffen? Bitte erzähle es niemandem. Ich werde morgen dort sein. Bitte lösche die Nachricht, sobald du sie siehst, und antworte mir nicht. Bis morgen."

Ich löschte die Nachricht für mich und entfernte den Chat. Ich stand auf und ging zurück ins Wohnzimmer. Dylan schrie mich an und fragte, warum ich so lange weg war. Plötzlich stand er auf, eilte zu mir, umfasste meinen Hals, hob mich an und drückte mich gegen die Wand.

Dylan: „VERDAMMT NOCH MAL, WAS DENKST DU DIR? DU BIST BALD MEINE FRAU! LERN DICH ZU BENEHMEN ODER ICH BRING DICH NOCH IRGENDWANN UM! HAST DU MICH VERSTANDEN?!"

Lory: „Ja, ... lass mich los, ... ich ... bekomme keine Luft ... mehr."

Er ließ meinen Hals los, und ich musste husten und rang nach Luft. Ich hatte solche Angst, keine Luft mehr zu bekommen, dass ich nicht einmal die Kraft hatte zu weinen. Er ließ mich allein und einsam stehen. Später am Abend nahm er meine Hand und sagte mir, dass ich morgen zu Hause bleiben solle. Wenn ich rausgehe, wüsste er nicht, was er sonst tun würde.

Ich versuchte, ihn zu überreden, aber es gelang mir nicht, mir war klar, dass es eine Art Bestrafung war, also ließ ich es einfach gut sein. Es war der nächste Tag. Dylan war wieder auf der Arbeit. Es war 12 Uhr, und in einer Stunde hatte ich mein Treffen mit Ryan. Aber ich konnte nicht raus, er hatte die Türen mit dem Sicherungssystem verriegelt und den Code eingegeben. Also entschied ich mich, Ryan einfach anzurufen. Die Stunde Zeit, die ich noch hatte, nutzte ich, um aufzuschreiben, wie ich ausbrechen könnte. Ich setzte mich an den Tisch und begann zu schreiben. Am besten nächste Woche Montag. Dylan ist außer Haus, arbeitet den ganzen Tag. Er hat also keine Zeit, mich wirklich zu kontrollieren. Allerdings wird er garantiert die Wohnung abschließen, um zu verhindern, dass „uneingeladene" Gäste kommen. Da muss ich mir etwas einfallen lassen, wie ich an den Entsperrungscode komme. Als nächstes überlegte ich, wie ich außerhalb der Wohnung flüchten könnte. Ich kann nicht mit dem Auto fahren. GPS-Tracker ... Laufen kann ich auch nicht, ich würde nicht weit kommen und schnell auffallen. Was könnte ich tun? Hmm ... Nehmen wir an, ich weiß, wie ich wegkomme, wohin gehe ich dann? Am besten irgendwo hin, wo mich keiner kennt, wo Dylan sich nicht auskennt. Am besten auch gleich einen neuen Pass. Eine neue Identität. Wenn ich es bis dahin geschafft habe, sollte ich sicher sein. Neue Nummer, neues Handy. Ich habe keine Freunde hier. Nur meine Mutter und diese ist definitiv nicht als Freundin zu betrachten. Dann kam mir eine Idee: Ich frage Ryan ... Es ist viel verlangt, ich kenne ihn nicht, aber er ist meine einzige Chance. Ich schaute auf meine Uhr, es war Zeit, Ryan anzurufen.

Ich telefonierte mit ihm.

Ryan: „Hallo? Lory?"
   Lory: „Ja ..."
   Ryan: „Wo, bist du? Ist alles in Ordnung?"

Ich antwortete ihm und begann dabei zu weinen. Ich erzählte ihm alles - von der arrangierten Ehe, Dylan, meinem Fluchtplan ... einfach alles. Seine Stimme wurde zittrig und wütend. Ich hörte, wie er seine Zähne aufeinanderpresste und antwortete.

Ryan: „Dieser Mistkerl ... ich helfe dir!" Er brummte vor Emotionen in seiner Antwort und hielt in diesem Satz öfters inne.

Lory: „Aber ... du kennst mich nicht und es ist so viel verlangt von mir ... ich weiß nicht, wie er reagieren wird, wenn etwas schiefgeht ..."

Ryan: „Mir egal! Ich kenne dich vielleicht nicht richtig, aber ... du hast das nicht verdient, niemand hat das! Du bist so lieb und wundervoll. Du kannst bei mir wohnen. Ich lebe außerhalb in einer kleinen abgelegenen Hütte im Wald, und fast niemand außer mein Kumpel Leon kennt sie. Ich kann dir bei deinem Pass helfen. Sagen wir mal, mein Kumpel ist nicht gerade untalentiert, was das Fälschen von Dokumenten angeht. Alles Weitere können wir im Laufe der Woche klären, okay?", fragte er mich.

Ich war so überrascht, dass ich einfach nur mit „Ja" und „Danke" antwortete. In der restlichen Woche bis Sonntag telefonierten wir täglich und trafen uns einmal, das Treffen war nicht lang, aber ich konnte ihn nach meinem Einkauf kurz im Blumenladen treffen. Er war entsetzt über mein Aussehen und dass mein Hals gequetscht und mit blauen Flecken übersät war. Aber er war umso entschlossener, mir zu helfen. Im Verlauf dieser Zeit entwickelten wir eine immer engere Bindung und ich glaube, ... ich mag ihn wirklich sehr, sehr gerne. Meine Gefühle sind noch etwas verwirrt, aber in seiner Gegenwart fühle ich mich sicher, geborgen und wohl. Ich habe das Gefühl, dass er ähnlich empfindet, aber das sind Dinge, um die ich mich kümmern kann, wenn diese Situation vorüber ist.

Kapitel 3: Die Flucht
und der rachsüchtige Mann

2 Wochen vor diesem Tag

Es war Montag, der Tag, an dem ich endlich ausbrechen wollte. Weg von diesem Haus, weg von diesem Mann und hin zu einem neuen Leben. Zusammen mit Ryan hatte ich einen Plan entwickelt, der uns in nur einer Woche so eng zusammengeschweißt hatte, als würden wir uns schon seit Jahren kennen. Dylan stand an der Haustür bereit, zur Arbeit zu gehen.

Dylan: „Ich komme heute spät nach Hause. Ich möchte nicht, dass du das Haus verlässt. Egal wer sich meldet oder was von dir will, ignoriere es."

Ich nickte. Dylan drehte sich um, um zu gehen, aber dann kam er zurück und lief auf mich zu. Er hielt seine Hand ausgestreckt.

Dylan: „Gib mir dein Handy. Wenn etwas ist, ruf über das Festnetz an."

Ich zögerte. Eigentlich brauchte ich mein Handy, um mit Ryan zu kommunizieren, aber wenn ich mich wehre, ... wer wusste schon, was dann passieren würde? Also vertraute ich auf unseren Plan und gab Dylan mein Handy. Er küsste mich. Jedes Mal, wenn er mich küsste, empfand ich nur Ekel und Hass. Doch ich ließ es mir nicht anmerken. Dylan ging und schloss die Tür ab, gab den Sicherungscode für die Türen und Fenster ein. Nun war ich allein. Ich wartete 10 Minuten, um sicherzugehen, dass er weg war. Dann atmete ich tief ein und begann mit unserem Plan.

Ich rannte ins Schlafzimmer und holte mein Notizbuch heraus. Als ich es gefunden hatte, hockte ich mich auf den Boden und blätterte schnell durch die Seiten. Ich hatte ihn, die Tage, an denen Dylan die Tür immer wieder aufschloss, beobachtet, um den Entschlüsselungscode herauszufinden, was mir auch gelungen war. Ich nahm das Notizbuch mit, das war jedoch das Einzige, was ich mitnahm. Alles andere ließ ich hier. Ich wollte nicht, dass es sofort auffiel, dass ich weg war, und unter keinen Umständen wollte ich, dass Dylan mich verfolgen konnte. Nun stand ich vor der Tür und gab pünktlich den Code ein. Das Feld leuchtete grün auf. – Entsperrt – „Perfekt!" Ich ging hinaus. Ich ging schnell, aber nicht zu schnell, um bei den Nachbarn keinen Verdacht zu erregen. Ich musste bis zum Ende der Straße laufen, dort sollte Ryan mit seinem Auto auf mich warten. Als ich ankam, war er nicht da. "Verdammt!", schrie ich, hielt mir dann den Mund zu und dachte: „Oh Gott, ich hoffe, er ruft mich nicht an! Verdammt, Dylan hat mein Handy! Wie konnte ich das nur zulassen?!" Ich wartete ungeduldig auf Ryan. Ich setzte mich, während ich wartete auf die Bank am Straßenrand und nahm mein Notizbuch heraus und begann, meine Gedanken niederzuschreiben. Ich schrieb über meine Träume, Wünsche und Hoffnungen für die Zukunft. Es war, als ob ich durch das Aufschreiben meiner Gefühle eine Art Befreiung erlebte. Meine Gedanken flossen in Worte und halfen mir, alles zu verarbeiten, was ich durchgemacht hatte.

Als Ryan schließlich auftauchte, spürte ich eine Mischung aus Aufregung und Nervosität. Doch als ich in seine strahlenden blauen Augen blickte und sein vertrautes Lächeln sah, fühlte ich mich sofort beruhigt. Er umarmte mich liebevoll und flüsterte mir ins Ohr, wie sehr er mich vermisst hatte und wie glücklich er war, mich zu sehen. Die kurze Zeit, obwohl wir einen strengen Zeitplan hatten, war unglaublich schön. Dann aber wurde Ryan wieder hektisch und in seinen Augen konnte ich sehen, dass ihm irgendwas auf dem Herzen lag, es war eine Mischung aus Erschöpfung und Angst, aber gleichzeitig war er wie immer sehr beruhigend.

Es war eine rasante Fahrt zu Ryans Haus. Wir hielten uns nicht an die Geschwindigkeitsbegrenzung, sondern fuhren einfach. Wir haben zwei Zwischenstopps eingeplant, der erste war bei einem Friseursalon und als wir dort ankamen, blieb Ryan im Wagen sitzen und ich ging hinein. Wir hatten nur 10 Minuten eingeplant. Die Friseurin fragte mich, was ich mir wünschte. Ich antwortete: Lory: „Einfach eine Kurzhaarfrisur, entscheiden Sie, Hauptsache, wir sind in 10 Minuten fertig."

Sie war überrascht, aber willigte ein. Nach wenigen Minuten nach der eingeplanten Zeit waren wir fertig. Ich bezahlte und ging zurück zum Auto, ich sprach nicht mehr als nötig, aber behielt die Freundlichkeit, die sich gehört, bei. Ryan stieg, kurz bevor ich in das Auto einsteigen wollte, aus, um ein Foto von mir vor einer weißen Wand zu machen, damit dieses Bild auf meine neuen Dokumente gearbeitet werden konnte. Für den Augenblick des Fotos trug ich braune Kontaktlinsen, um meine grünen Augen zu bedecken. Als Ryan das Foto geschossen hatte, entfernte ich die Kontaktlinsen wieder „ich werde sie bald immer tragen müssen, aber für den Moment lass ich die Kontaktlinsen draußen", dachte ich. Als Ryan und ich zurück im Auto waren, fuhr er sofort weiter. Unser nächster Halt war bei Leon Ryans Kumpel, um die gefälschten Dokumente abzuholen, bis auf das Foto hatte Leon diese bereits vorgefertigt. Ich lernte während der Planung in der vergangenen Woche Leon bereits kennen. Er ist äußerst nett und wirklich hilfsbereit. Auf den Weg zu Leon schaute Ryan mich an und sagte:

Ryan: „Du siehst wunderschön aus." Er lächelte mich verschmitzt an. Obwohl ich Angst hatte und gestresst war, machte mich dieses Kompliment von Ryan glücklich. Doch das Glück währte nicht lange. Kurz nachdem wir bei Leon ankamen, verabschiedete sich Ryan, um die Dokumente zu holen. Ich blieb allein im Auto zurück und wippte nervös mit meinem Bein. Plötzlich hörte ich ein, klopfen gegen das Autoblech. Es kam von der Fahrerseite. Ich schaute vorsichtig nach links, konnte aber niemanden sehen. Ich wusste nicht, was oder wer es war. Ich hoffte einfach darauf, dass es eventuell ein Ast von dem großen Baum war, der dicht an der Fahrertür stand. Also entschloss ich mich, dies nicht weiter zu verfolgen. Erleichtert entspannte ich mich wieder, weil das Klopfen nicht erneut vorkam und schaute in mein Notizbuch, um zu sehen, was als Nächstes auf der Liste stand. Ryans Haus. Wenn wir die Dokumente hätten und es aus der Stadt herausschaffen würden, wäre ich frei, das zauberte mir für einen kurzen Moment ein Lachen auf die Lippen und ich spürte, wie mich Freude erfüllte und ich die Hoffnung gewann wie eine normale und glückliche Frau mein weiteres Leben zu leben. Kurz darauf kam Ryan mit den Dokumenten zurück. Ich überprüfte sie und war erleichtert, dass alles da und korrekt war. Ich nannte mich weiterhin Lory, aber mit einem falschen Nachnamen und einer neuen Größe sowie einer anderen Augenfarbe. Wir verschnauften kurz und nach einem kurzen Augenblick fuhr Ryan los.

Nach etwa zwei Stunden waren wir auf der Autobahn und weit weg von meinem alten Zuhause. Ich war glücklich, so glücklich, dass ich, ohne groß nachzudenken hibbelig wurde und instinktiv zu Ryan schaute und begann mit ihm zu sprechen.

Lory: „Ryan?"
      Ryan: „Ja?"
      Lory: „Wir haben es geschafft! Ah! Wir haben es geschafft! Ja!"
      Während ich das sagte, fing ich vor Freude an zu weinen. Ich war so glücklich! Ich tanzte im Sitzen und wedelte mit den Armen in der Luft, um zu zeigen, wie glücklich ich war. Ryan schaute mich an tief in die Augen, und wir fingen gleichzeitig an zu lachen und uns zu freuen. So ging es die letzten zwei Stunden weiter. Wir waren beide so glücklich. Kurz bevor wir in den Wald abbogen, Richtung Ryans Haus, hielten wir an einem kleinen Markt an und besorgten uns zwei Prepaid-Handys. Sicher ist sicher, auch wenn wir vier Stunden entfernt waren. Ich möchte einfach nicht riskieren, dass Dylan uns findet. Während der Autofahrt zu Ryans Zuhause fühlte ich eine angenehme und vertraute Stimmung im Auto. Die Sonne begann langsam unterzugehen und tauchte die Landschaft in warmes, goldenes Licht. Ryan hatte eine beruhigende Wirkung auf mich, und ich genoss die entspannte Atmosphäre.

Wir fuhren auf malerischen Landstraßen, umgeben von grünen Wiesen und sanften Hügeln. Ich konnte förmlich spüren, wie die Last der Vergangenheit immer mehr von meinen Schultern abfiel. Ich begann mich mit Ryan über meine Pläne und Träume auszutauschen. Er hörte aufmerksam zu und ermutigte mich, an mich selbst zu glauben und meine Ziele zu verfolgen. Unterwegs machten wir an einem malerischen Aussichtspunkt Halt, von dem man eine atemberaubende Aussicht auf die umliegende Landschaft hatte. Wir standen dort Arm in Arm und genossen den wunderbaren Anblick, kurz bevor wir die letzten Meter zu Ryans Haus im Wald fahren würden. Ich spürte, wie ich von einer tiefen Dankbarkeit erfüllt wurde, dass Ryan in mein Leben gekommen war und mir half, mich von meiner Vergangenheit zu befreien. Ich verdanke ihm viel. Wir waren angekommen, stiegen gemeinsam aus Ryans Auto aus und ich betrachtete das Haus. Es war unglaublich groß und friedlich. Ich lächelte. Ryan stand neben mir, legte seine Hand auf meine Taille und lächelte nur, dann zog er mich in eine Umarmung. Ich genoss es. Ich fühlte mich so sicher und willkommen bei ihm. Als er mich losließ, schauten wir uns tief in die Augen. Es dämmerte bereits. Der Himmel war orange und rot. Ryans Lippen kamen näher und ich schloss meine Augen. Ich spürte, wie seine Hand meine Wange berührte und wie er zögerte. Aber dann küsste er mich. Seine Lippen waren so weich und er bemühte sich, sanft zu sein. Als sich unsere Lippen trennten, trat er einen Schritt zurück und begann mit mir zu sprechen.

Ryan: „Es tut mir leid, ... das war unangebracht."

Lory: „Nein, es ist schon in Ordnung. Um ehrlich zu sein, hat es mir gefallen."

Er lächelte und ging zur Haustür. Er ließ mich hinein und zeigte mir das Haus. Es war wunderschön. Es war eine Mischung aus Holzhütte und modernem Stil.

Lory: „Mir gefällt es hier, Ryan." Er antwortete: „Das freut mich."

Wir ließen den Abend ausklingen. Ich hatte heute keinen Hunger mehr und ging recht früh auf mein Zimmer, was Ryan für mich eingerichtet hatte, um zu schlafen. Es war bereits Samstag Abend. In den vergangenen Tagen hatten wir uns besser kennengelernt. Ryan ist so toll. Wir haben viel gelacht und Spaß gehabt. Es ist das erste Mal seit Jahren, dass ich wieder weiß, was Spaß bedeutet und was Freude ist. Es ist seltsam, Ryan hat mir die Tage über immer Essen gemacht und mich verwöhnt. Ich durfte rausgehen und tun, was ich wollte, ohne Ärger zu bekommen. Das Gefühl der Freiheit war wunderschön. Am Abend saßen wir im Garten. Die Aussicht war wunderschön. Ich sah Bäume, viel Grün, kleine Berge und keine Nachbarn. Ryan stand am Grill und grillte. Als er fertig war, saßen wir zusammen am Tisch und aßen. Während wir aßen fragte mich Ryan, was wir heute Abend noch machen wollen. Ich überlegte und schlug vor, auf die Couch zu gehen und einen Film zu schauen. Er nickte.

Ryan: „Das hört sich toll an. Soll ich Popcorn machen?"

Lory: „Ich kann mich gar nicht mehr daran erinnern, wie Popcorn schmeckt. Ich durfte es nie essen, weil es zu viel Dreck gemacht hätte. Also ja, gerne."

Ryan: „Ich mache eine riesige Schüssel Popcorn. Du kannst alles nachholen."

Lory: „Welchen Film sollen wir schauen?"

Ryan: „Entscheide du."

Lory: „Ich hätte große Lust auf einen Tanzfilm. Ich habe diese Art von Film schon so lange nicht mehr gesehen, dabei tanze ich so gerne."

Ryan: „Na klar, machen wir so. Ich räume den Tisch ab und mache Popcorn."

Lory: „Lass mich den Tisch aufräumen und du machst das Popcorn in der Zwischenzeit."

Ryan: „Wenn dir das nicht zu viel Arbeit ist sicher." Er lächelte dabei.

Lory: „Quatsch, das ist nicht zu viel Arbeit, ich mache das gerne."

Wir standen beide auf und lächelten. Ich räumte den Tisch ab und Ryan machte Popcorn. Als wir fertig waren, setzten wir uns auf die Couch und schauten tatsächlich einen Tanzfilm. Wir machten ein paar Witze. Etwa in der Mitte des Films wurde mir ein wenig kalt und ich fragte ihn, ob ich mich an ihn lehnen dürfte. Er sagte „natürlich" und hob seinen rechten Arm hoch, sodass ich meinen Kopf auf seine Brust legen konnte. Es war schön warm und ich hörte seinen Herzschlag. Er war schnell, was mich irgendwie freute. Ähnlich wie meiner. Er flüsterte etwas vor sich hin. Ich fragte ihn, ob er etwas gesagt hatte. Er zog seinen Arm zurück und drehte sich zu mir.

Ryan: „Lory, du bist eine großartige Frau. Ich würde Dylan am liebsten umbringen, ... wie kann er eine Frau so behandeln ..."

Er hielt für einen kurzen Moment inne, als er schließlich weitersprach.

Ryan: „Wir haben in den letzten zwei Wochen viel Zeit miteinander verbracht und ich mag dich, Lory ... sehr sogar ...“

Mein Herz schlug schnell und ich spürte die gleiche Intensität in ihm. Ich glaube, ... ich liebe ihn. Meine Gefühle waren so stark wie noch nie, auch wenn wir uns wirklich noch nicht lange kannten, war ich mir sicher „Das muss Liebe sein“, dieses warme Gefühl und diese ständige schöne Nervosität, die ich bei ihm fühlte. Als ich noch in Gedanken war, beugte er sich zu mir, er küsste mich, und ich erwiderte den Kuss voller Leidenschaft. Es fühlte sich richtig an. Er hielt inne und fragte: „Ist das okay? Darf ich?“ Ich flüsterte ein leises „Ja“. Wir zogen uns gegenseitig aus und lagen nun nackt auf der Couch. Seine warme Haut fühlte sich angenehm an. Er sah wunderschön aus und schaute mir tief in die Augen. Seine Hand strich langsam über meinen Bauch und wanderte dann auf meinen Rücken. Er hob mich hoch, sodass mein Becken leicht angehoben war, und er stützte sich mit der linken Hand ab, während er weiterhin die rechte Hand auf meinem Rücken hatte, um mich anzuheben. Wir hatten leidenschaftlichen Sex, während er mich weiterhin küsst. Als wir fertig waren und außer Atem lagen, kuschelten wir uns aneinander. Ein Wort kam über meine Lippen, dass ich noch nie zuvor gesagt oder gefühlt hatte.

Lory: „Ryan?... Ich ... liebe dich.“

Ryan war still, schaute mich an und strahlte vor Glück.

Ryan: „Ich, liebe dich auch, Lory.“

Er küsste meine Stirn und wir lächelten beide. Ich setzte mich auf und er stand auf. Er drehte sich zu mir um, immer noch nackt und streckte seine Hand aus. Ryan: „Ich möchte duschen. Kommst du mit?"

Ich nahm seine Hand und sagte „Ja". Gemeinsam gingen wir in die Dusche. Den restlichen Abend verbrachten wir damit, Filme zu schauen und zu kuscheln. In der Nacht lag ich das erste Mal neben Ryan im Bett. Ryan schlief bereits und ich dachte über uns nach. „So fühlt sich also wahre Liebe an? Ich fühle mich so gut, so frei, so … geliebt. Wenn ich jemals jemanden heiraten müsste, dann wäre es Ryan."

Am nächsten Morgen standen wir auf und wollten gemeinsam frühstücken. Ich nahm mein Handy und las eine Nachricht von einer unbekannten Nummer. Ich erschrak und mir wurde schlecht. Sofort ging ich zu Ryan und las die Nachricht laut vor: „Ich weiß nicht, wo du bist. Warte nicht auf mich, aber sei dir sicher, Lory, du entkommst mir nicht."

Während ich vorlas, verspürte ich Gänsehaut, und mir schossen Tränen in die Augen.

Lory: „Ich habe Angst … Weiß Dylan, wo ich bin? Weiß er von dir?"

Ryan musste meine Angst und Sorge mitbekommen haben, denn als er sprach, war er ganz sanft und mitfühlend in der Stimme.

Ryan: „Lass uns erst mal etwas essen und dann überlegen wir, was wir tun können. Hoffentlich versucht er nur, uns Angst einzujagen. Wir werden es schaffen."

Kapitel 4: Vorsorge und Glück

4 Tage vor diesem Tag

Wir verbrachten die letzten Wochen zusammen, wenn Ryan vormittags arbeiten war, machte ich ein bisschen das Haus sauber, ging raus in die kleine Stadt oder in die Bibliothek. Seit der Nachricht von einem Unbekannten vor ein paar Wochen hatten wir nichts Neues gehört. Ich war ängstlich, aber dennoch fühlte ich mich wohl. Es schien, als hätte Dylan mir mit dieser Nachricht signalisiert, dass ich nach Hause gehen sollte, weil er mich so oder so finden würde. Doch ich ignorierte es. Ich antwortete nicht und zerstörte mein Handy. Ryan tat dasselbe. Wir waren nun komplett isoliert, außer dem Festnetztelefon für Notfälle und dem Auto hatten wir keinen Kontakt zur Außenwelt. „Das ist gut so", dachte ich. Ryan und ich saßen wieder im Garten, eng aneinander gekuschelt auf der Gartenliege und genossen die Sonne, wir waren jetzt offiziell ein Paar, es wusste bisher nur die Eltern von Ryan und Leon, aber das waren auch die Wichtigsten, ich habe keine Familie oder Freunde, den ich das erzählen könnte. Meine neue Familie war jetzt Ryan. Noch während wir im Garten lagen, wurde mir plötzlich übel und ich fühlte mich unwohl, weil ich dran denken musste, dass ich in ein paar Tagen Dylan geheiratet hätte. Ryan schien es bemerkt zu haben. Er sah mich mit einem schmerzvollen Blick an. Ryan: „Schatz ist alles in Ordnung?"

Immer wenn er mich „Schatz" nannte und damit seine Liebe zu mir zum Ausdruck brachte, bekam ich Gänsehaut. Vor Freude und Liebe, reine Liebe. Ich antwortete.

Lory: „Ja, mir ist etwas übel und ich musste darüber nachdenken, dass ich in vier Tagen gezwungen gewesen wäre, Dylan zu heiraten. Was ist, wenn er mich aufspürt und ..."

Ryan unterbrach mich und versuchte mich zu beruhigen.

Ryan: „Du wirst Dylan aber nicht heiraten. Dylan ist Vergangenheit. Es wird alles gut werden, wir schaffen das gemeinsam. Außerdem könntest du mich in vier Tagen heiraten." Als er sagte, dass ich ihn in vier Tagen heiraten könnte, lachte er. Ich jedoch freute mich. Ryan schien es zu bemerken, aber er sagte nichts, er lächelte nur. Wir lagen noch eine Weile so da. Den restlichen Vormittag verbrachten wir nur zusammen und aßen zu Mittag und später am Nachmittag mussten wir einkaufen gehen. Wir packten unsere Sachen zusammen und gingen zum Auto. Ich ging zur Beifahrertür, aber Ryan hielt mich auf.

Ryan: „Oh nein, Schatz. Du fährst." Ich war überrascht:

Lory: „Bist du sicher?"

Ryan: „Ja, du bist sonst nur gefahren, wenn du musstest. Hier bist du frei und kannst entscheiden. Wenn du möchtest, lasse ich dich fahren."

Ich lächelte und ging zur Fahrerseite. Wir stiegen ein und ich fuhr los. Mit erhöhter Geschwindigkeit fuhr ich eine lange Straße entlang, umgeben von Bäumen und Wald. Ryan spielte Musik ab und wir sangen beide mit. Meine Haare wehten im Wind und ich lächelte. Ich schrie vor Freude.

Lory: „Freiheit!" Ryan antwortete mit derselben Euphorie.

Ryan: „Freiheit!"

Wir machten ein paar Umwege, um die schöne Atmosphäre zu genießen. Als wir beim Einkaufen ankamen, stiegen wir aus.

Wir betraten den Laden und holten alles, was wir für den Rest der Woche brauchten. Als wir uns bei den Getränken befanden und einen schönen Wein aussuchten, hörte ich plötzlich ein Geräusch neben mir. Ryan stand rechts von mir und von links hörte ich eine Frauen- und eine Männerstimme.

„Verdammt! Ich weiß, wer das ist, ... wie ist das möglich?"

Vorsichtig schaute ich nach links, nur mit den Augen, ohne meinen Kopf zu drehen. Ich erkannte, wer dort stand. Meine Mutter und Dylan! Flüsterte ich leise zu Ryan.

Lory: „Wir müssen weg! Schnell."

Ryan: „Ich weiß. Versuchen wir uns nicht auffällig zu verhalten und gehen einfach zur Kasse. Du gehst vor mir, ich behalte dich im Blick."

Ich nickte. Wir gingen zur Kasse und genau hinter uns waren sie. Ryan stand hinter mir und legte die Sachen auf das Band. Ich stand mit dem Rücken zu ihnen. Als der Kassierer den Betrag nannte und ich den Einkaufswagen bereits zum Auto schob, um die Sachen schnell einzuladen, war Ryan immer noch drinnen. Draußen beim Auto hatte ich die letzten beiden Teile eingepackt, als Ryan schließlich kam. Er sagte mir, ich solle den Einkaufswagen zurückbringen, während er das Auto startete. Ich nickte und brachte den Wagen weg. Gerade als ich den Verschluss zum Verbinden der Einkaufswagen schließen wollte, hörte ich, dass Dylan da war. Ich hörte, was er zu meiner Mutter sagte.

Dylan: „Ich werde sie finden und dann wird sie mich heiraten. So wie du und ich es vereinbart haben. Ihre Spur verliert sich hier irgendwo. Ansonsten bringe ich sie bald um!"

Meine Mutter: „Ein Deal ist ein Deal."

Während Dylan das sagte, lachte er spöttisch. Aber was bedeutete „Ein Deal ist ein Deal"? Egal, ich hatte keine Zeit, ich musste so schnell es geht weg. Auf dem Weg zum Auto stieß ich versehentlich gegen Dylans Schulter. Er schrie auf.

Dylan: „Hey! Pass doch auf, du Schlampe!"

Ich ignorierte ihn, blickte nicht zurück und lief schnellen Schrittes zum Auto. Bei einem Psychopathen weiß man nie. Zurück im Auto fuhr Ryan sofort los. Ich erzählte ihm von dem, was ich von der Unterhaltung zwischen Dylan und meiner Mutter mitbekommen hatte. Als er das hörte, umklammerte er das Lenkrad mit seinen Händen und seine Zähne pressten sich zusammen. Er war angespannt und wütend.

Ryan: „Ich werde mich mit Leon zusammensetzen und herausfinden, worüber diese Arschlöcher gesprochen haben!"

Ich fühlte mich beruhigt, als ich hörte, dass Ryan fest entschlossen war, herauszufinden, über was für einen Deal meine Mutter und Dylan gesprochen hatten, aber gleichzeitig war ich immer noch angespannt, weil sie in der Nähe waren. Als wir zu Hause ankamen, packten wir die Einkäufe weg und aßen zu Abend. Wir unternahmen nicht mehr viel. Spät in der Nacht, gegen 3 Uhr, wachte ich schweißgebadet auf. Ein Albtraum. Ryan wachte auf und fragte mich, ob alles in Ordnung sei. Ich antwortete mit einem Ja und sagte ihm, er solle sich wieder hinlegen. Ich stand auf und wollte etwas trinken.

Jetzt stand ich in der Küche an der Theke und überlegte, was das alles soll. Ich nahm den Satz, „ansonsten bringe ich sie bald um" sehr ernst. Ich traue ihm das zu und noch so viel mehr. „Das lasse ich nicht zu!" Entschlossen ging ich ins Wohnzimmer und schnappte mir ein Blatt Papier und ein Stift. Ich schrieb einfach drauf los. Alles, was mir einfiel. Für Ryan. Ich betrachtete das als nötig, falls mir etwas passiert und ich ihm diese Sachen bis dahin nicht sagen konnte. Ich schrieb es als eine Art Abschiedsbrief. Als ich fertig war und ein paar Tränen verloren habe, da mich das aufwühlte und sowohl mit negativen und positiven Emotionen entgegnete, legte ich den Zettel anschließend auf die Kommode, wo Ryan nicht immer guckt. Ich legte dies hinter eine Schale. Sollte er es finden, wird es genau richtig sein. Ich packte den Stift zurück und das Glas in die Spülmaschine. Ich ging wieder hoch ins Bett. Kurz darauf schlief ich wieder ein.

Gestern verlief recht entspannt, obwohl ich mich nicht gut fühlte. Ryan war außer Haus, erledigte einige Dinge und traf sich mit seinem Freund Leon, um mehr über Dylan und meine Mutter herauszufinden. Er ist unermüdlich auf der Suche, um mir die Angst zu nehmen und gleichzeitig Dylan und meine Mutter zur Rechenschaft zu ziehen. Jetzt ist es Nachmittag. Ryan hat sich hingelegt, da er Kopfschmerzen hatte. Ich sitze alleine am Küchentresen. Ich kann nicht viel tun, mir ist wieder übel und ich habe das Gefühl, dass etwas anders ist. Gestern, als Ryan unterwegs war, habe ich einen Schwangerschaftstest besorgt. Nun halte ich die Verpackung in meiner Hand. Ich bin unsicher, ob ich Ryan davon erzählen soll. Ich glaube, ich mache den Test erst und falls es ein positives Ergebnis ist, erzähle ich ihm davon. Also stand ich auf und ging ins Badezimmer, um den Test durchzuführen. Jetzt liegt der Test da. Ich stellte einen Timer auf 5 Minuten und schaute nicht darauf. Die Minuten vergehen quälend langsam. Ich wippe nervös mit dem Bein auf und ab. Ich warte und warte. Der Timer klingelt. Ich stoppe ihn und atme noch einmal tief ein, bevor ich den Schwangerschaftstest in die Hand nehme und darauf schaue. Ein Plus und zwei Striche waren darauf zu sehen. Ich bin ... schwanger. Von Ryan. Tränen schießen mir in die Augen. Eine Mischung aus Freude und Angst überkommt mich. Wie wird er reagieren? Wie wird unsere Zukunft aussehen? Was wird es werden? So viele Fragen. Ich werde es Ryan bald erzählen. Es ist einfach unglaublich.

Ich versteckte den Schwangerschaftstest neben meinem Zettel auf der Kommode und schrieb die Neuigkeit darauf in einer PS-Nachricht, während ich versuchte, meine Freude nicht zu offensichtlich zu zeigen. Wenn es uns gelingen würde, herauszufinden, was Dylan und meine Mutter im Schilde führten und sie zur Rechenschaft ziehen, wäre mein Leben perfekt. Bis zum Abend erzählte ich Ryan nichts davon, und gerade als ich es tun wollte, stellte er sich hinter mich, legte seine Hände auf meine Augen und flüsterte mir ins Ohr.

Ryan: „Ich habe eine Überraschung für dich. Schließe die Augen und folge mir. Ich führe dich."

Aufgeregt nickte ich und glaube, wir gingen in den Garten. Als wir stehen blieben, merkte ich, dass Ryan vor mir kniete.

Ryan: „Du kannst die Augen öffnen."

Als ich meine Augen öffnete, sah ich, wie Ryan vor mir kniete. Hinter ihm war alles mit weißen und roten Ballons geschmückt, überall waren Blumen, vor allem meine Lieblingsblumen: Lilien. Wann und wie hatte er das alles aufgebaut? Tränen der Freude schossen mir in die Augen und ich wurde nervös. Ryan kniete immer noch vor mir. Ich schaute ihm in die Augen und sah, dass seine Pupillen geweitet waren.

Ryan: „Lory, ich liebe dich. Ich möchte den Rest meines Lebens mit dir verbringen. Ich weiß, dass in zwei Tagen beinahe der schlimmste Tag in deinem Leben geworden wäre, aber ich möchte, dass er zu einem der schönsten Momente wird. Willst du mich heiraten?"

Lory: „Ja ... Ryan. Ich möchte dich heiraten!"

Ich zog ihn hoch und küsste ihn. Wir waren so glücklich und gerührt, dass wir einfach nicht aufhören konnten zu lächeln. Ryan erwiderte den Kuss, und als er sich löste, steckte er mir einen kleinen, schlichten und wunderschönen Ring an den Finger. Wir beide zitterten vor Glück. Den Abend verbrachten wir zu zweit. Wir tanzten, aßen Snacks und redeten stundenlang. Ryan hatte sogar schon ein wunderschönes Kleid für mich gekauft.

Es war weiß, mit Rüschen und Glitzer am Dekolleté und das Kleid reichte mir bis zu meinen Füßen. Er hatte sich einen passenden, etwas extravaganten weißen Anzug besorgt. Wir sprachen auch darüber, dass wir die Hochzeit hier in unserem Garten feiern wollten, nur mit Leon und seiner Familie. Seine Mutter könnte uns trauen, sie hatte das gelernt. In einem kleinen und intimen Rahmen. Später in der Nacht schliefen wir miteinander. Der Sex war wunderschön, voller brennender Leidenschaft. Schwangerer konnte ich sowieso nicht werden. Ich wollte Ryan erst von meiner Schwangerschaft erzählen, nachdem wir in zwei Tagen geheiratet hatten.

1 Tag vor diesem Tag

Am nächsten Tag war Ryan wieder unterwegs, allerdings nicht so lange wie sonst. Den Großteil des Tages verbrachte er mit der Planung unserer Hochzeit und seinen „Detektivarbeiten", um herauszufinden, was es mit Dylan und meiner Mutter auf sich hatte. Währenddessen kümmerte ich mich um das Putzen und Bepflanzen des Gartens, da Ryan immer wieder schöne Blumen mitbrachte, besonders Lilien, die mittlerweile zu unseren Lieblingsblumen geworden waren. Wir betrachteten die Lilien als unsere Blume, denn wegen der Lilien hatten wir uns kennengelernt. An diesem Tag veränderte sich mein Leben komplett zum Positiven. Ryan hatte einige Informationen herausgefunden, wollte mich aber erst belasten, wenn er wirklich alles über sie wusste. Er erzählte mir, dass er morgen früh, am Tag unserer Hochzeit, noch kurz zu Leon müsse und dann mittags wieder zurück sein würde. Das gefiel mir nicht besonders, aber es musste wohl sein. Abends saßen wir zusammen beim Essen und waren voller Vorfreude auf den nächsten Tag. Danach fielen wir ins Bett und lagen nebeneinander und unterhielten uns noch etwas.

Ryan: „Wenn ich morgen wieder zu Hause bin, müssen wir fast sofort damit anfangen, den Rest zu schmücken und alles vorzubereiten, oder?"

Lory: „Ja, während du weg bist, fange ich schon mal an, den Kuchen zu backen. Ich habe eine wirklich coole Idee."

Ryan lächelte und antwortete mir schnell:

„Das wird sicher großartig, was du zauberst. Ich freue mich riesig auf morgen. Ich kann es kaum erwarten. Leon und ich haben auch genug über diesen elendigen Wichser Dylan herausgefunden. Ich bringe Leon morgen direkt mit, er kann uns auch noch ein wenig helfen."

Lory: „Ich hoffe, wir können Dylan und meiner Mutter bald das Handwerk legen. Ich möchte nichts mehr mit ihnen zu tun haben und keine Angst mehr haben. Aber morgen geht es um uns, mein Schatz."

Ryan nickte zustimmend und zog mich an sich heran. So schliefen wir ein. Morgen ist der Tag, an dem ich meine wahre Liebe heirate und meine Schwangerschaft offenbare. Ich bin so aufgeregt.

Kapitel 5: Liebe erschafft und Liebe bricht das Herz

Der Tag

Ich wachte früh auf gegen 7:15 Uhr. Ryan war bereits im Badezimmer. Ich stieg aus dem Bett und ging zu ihm. Er duschte gerade. Ich schlich mich hinter den Vorhang und riss ihn auf, um ihn zu überraschen. Ryan erschrak, aber dann lachten wir beide.

Ryan: „Du bist so albern. Warum stehst du hier nur herum? Komm doch rein."

Er zwinkerte mir zu, und ich stieg sofort in die Dusche. Ich nahm das Duschgel, schäumte meine Hände ein und wusch Ryans Rücken. Er lachte und drehte sich dann um.

Ryan: „Jetzt, lass mich mal."

Ich drehte mich um, sodass ich mit dem Rücken zu ihm stand. Er wusch meinen Rücken und den Rest meines Körpers gründlich ab. Ich tat es ihm gleich. Es wurde schnell erotisch und er drückte mich gegen die Duschkabine. Das Wasser lief immer noch. Es verging eine gewisse Zeit, bis wir mit unserem Akt fertig waren, doch als es so weit war, duschten wir uns noch einmal ab und stiegen dann gemeinsam aus der Dusche, um uns für das Frühstück fertigzumachen. Ich deckte den Tisch, während Ryan Speck und Rührei zubereitete. Als er fertig war und das Essen auf den Tisch gestellt hatte, begannen wir zu essen und besprachen unseren Plan für den Tag.

Ryan: „Heute ist es so weit. Ich fahre gleich zu Leon und komme gegen Mittag mit ihm zurück. Danach schmücken wir zu dritt weiter und bereiten alles vor, oder?"

Ich stimmte zu.

„Richtig. Während du weg bist, werde ich den Kuchen backen und das Geschirr abräumen und mir dann das Kleid anziehen und auf euch warten."

Ryan: „Du wirst so wunderschön aussehen, mein Schatz."

Er war einfach nur bezaubernd, dachte ich mir und erwiderte, was er zuvor gesagt hatte:

„Du wirst wunderschön aussehen, nicht ich."

Ryan nahm etwas Rührei und warf es spielerisch nach mir.

Ryan: „Ach komm schon. Du siehst so oder so wunderschön aus."

Wir lachten herzlich zusammen. Als wir mit dem Essen fertig waren, ging Ryan zur Tür und ich folgte ihm. Ich gab ihm einen Kuss.

„Ich liebe dich, Ryan. Sei nicht zu lange weg."

Ryan: „Ich liebe dich auch."

So ging er mit einem breiten Lächeln aus der Haustür. Ich hörte, wie er mit dem Auto losfuhr. Ich machte mich auf den Weg in die Küche. Ich stellte das Geschirr vom Frühstück nur einmal in das Waschbecken. Ich dachte mir, dass ich erst den Kuchen backe und dann abwasche. So holte ich alle Zutaten. Ich fing an, den Teig für die Böden zusammenzumischen. Als in der Schüssel der Teig fertig verrührt war, goss ich diesen in eine runde Form. „Oh Mann, wie gerne würde ich jetzt die Schüssel auslecken, aber ich darf keine rohen Eier", sprach ich laut zu mir selbst. Umso genauer kratzte ich bis zum letzten Tropfen den Teig aus. Zwei Formen hatte ich jetzt. Da es eine zweistöckige Torte wird, stellte ich beide für eine halbe Stunde in den Ofen. In der halben Stunde kann ich mich fertigmachen.

Ich ging ins Schlafzimmer, holte mein Hochzeitskleid und zog dieses an. Ich band mir die Haare zu einem Zopf und schaute mich dann im Spiegel an. Ich betrachtete mein ganzes Aussehen und drehte mich beim Blick in den Spiegel ein paar Mal um, sodass ich alle Ecken meines Körpers sehen konnte. Mein Herz schlug schnell. Ich musste selbst sagen, dass ich schön aussah. „Ryan wird es lieben", dachte ich mir. Als ich noch in Gedanken war, hörte ich ein Klopfen und ein dumpfes Geräusch.

Ich erschrak mich. Ganz leise versuchte ich mich auf den Weg zu machen, um herauszufinden, was das war. So habe ich noch vor dem Spiegel meine Schuhe ausgezogen und lief jetzt barfuß. Ich ging die Treppen runter und den Flur entlang. Immer dicht an der Seite der Wand. Ich schaute vorsichtig um die Ecke. Die Gartentür war zu. Also schaute ich jetzt zur Haustür. Die Haustür war offen. Sie wurde definitiv aufgebrochen. Ich begann Panik zu bekommen. Wer war das? Ich sagte nichts und atmete flach. Ich muss hier raus. Wer auch immer das war, könnte hier im Haus sein. Aufregung machte sich breit, aber ich wartete noch kurz. Nach einem kurzen Augenblick, indem ich keine weiteren Auffälligkeiten hörte, ging ich schnell zum Ofen, um diesen auszustellen. Ich wollte nicht, dass es hier auch noch brennt. Als ich dies grade machen wollte, hörte ich eine Männerstimme hinter mir. Ich wusste, welche es war …

Dylan: „Habe ich dich! Und du hast dich schon schick für unsere Hochzeit gemacht, was? Du rennst mir nicht noch mal davon. Du ... gehörst ... MIR!"

Ich hörte, wie er immer näherkam. Neben mir war die Pfanne, mit der wir das Rührei von heute Morgen zubereitet hatten. Ich nahm mir diese und drehte mich schnell um, sobald ich merkte, dass er nah hinter mir war. Ich holte aus und traf ihn an die Schulter. Es ertönte ein dumpfes Geräusch und kurz danach schrie Dylan.

Dylan: „SCHLAMPE!"

Ich rannte los. Ich rannte so schnell ich konnte. Ich rannte die aufgebrochene Haustür raus und hoch bis zur Straße. Dylan rannte aber auch und war dicht hinter mir. Ich musste mich entscheiden, ob links oder rechts. Ich entschied mich für den Waldweg. Ich rannte so schnell wie noch nie in meinem Leben. Ich hörte dauerhaft die dicht gefolgten Schritte von Dylan. Es war unheimlich, wie nah er doch zu sein schien. Er schrie.

Dylan: „BLEIB STEHEN!!"

Kurz darauf hallte ein ohrenbetäubender Schuss durch die Luft und ein kalter Schauer lief mir über den Rücken. Oh nein! Er hatte eine Waffe! Ich spürte den eisigen Luftzug, als die Kugel knapp an mir vorbeizischte. Mein Herz raste und ich wusste, dass ich keine Zeit zu verlieren hatte. Es schien ihm schwerzufallen, während des Laufens zu schießen. In diesem Moment durchzuckte mich eine blitzartige Idee. Ryan und Leon sollten bald hier sein. Ich riss ein Stück meines Kleides ab und ließ es fallen, in der Hoffnung, dass es eine winzige Spur für sie sein könnte, um mich zu finden. Während der ganzen

Flucht riss ich immer wieder ein Stück meines Kleides ab. Ich erinnerte mich auch daran, dass ich meine Schuhe vor dem Spiegel ausgezogen hatte, dies könnte ein Indiz für Ryan sein, dass etwas Schlimmes passiert sein musste. Mit einem letzten Blick zurück, rannte ich nun nach links, das Knacken von Zweigen und das Rascheln von Blättern begleitete mich wie ein bedrohliches Orchester.

Ich kannte mich hier nicht aus, aber das war jetzt unwichtig. Ich hatte keine andere Wahl. Meine Füße schmerzten, doch ich ignorierte den Schmerz und konzentrierte mich auf das Geräusch meiner eigenen schnellen Atmung. Der Wald schien sich um mich herum zu drehen, die Bäume verschwammen zu einem grünen Wirbel. Ich rannte, als ob mein Leben davon abhing, und vielleicht tat es das auch. Mein Puls hämmerte in meinen Ohren und mein Atem brannte in meiner Lunge. Jeder Schritt war ein Kampf gegen die Erschöpfung, aber ich kämpfte darum, weiterzulaufen und nicht aufzugeben.

Nach einer gefühlten Ewigkeit erreichte ich einen kleinen Hügel, der den Blick auf eine malerische Lichtung freigab. Die Sonnenstrahlen tanzten durch das dichte Blätterdach und tauchten den Boden in ein warmes, goldenes Licht. Doch ich konnte nicht innehalten, um die Schönheit dieses Anblicks zu genießen. Dylan war immer noch hinter mir her. Ich rannte weiter, meine Schritte wurden schwerer und langsamer. Jeder Atemzug fühlte sich an, als würde ich Feuer einatmen. Doch ich zwang mich, weiterzumachen.

Plötzlich tauchte vor mir ein majestätischer Baum auf, dessen Äste sich wie schützende Arme ausbreiteten. Ich umrundete ihn in einem verzweifelten Versuch, meine Richtung zu ändern und Dylan abzuschütteln. Doch es schien, als würde er meine Bewegungen vorausahnen. Das Knacken von Zweigen und das Rascheln von Blättern wurden lauter und ich wusste, dass er mir immer näher kam. Meine Beine fühlten sich an wie Blei, doch ich zwang sie, weiterzulaufen.

Nach einer gefühlten Ewigkeit erreichte ich eine weitere Lichtung, die von wilden Blumen gesäumt war. Dylan war immer noch hinter mir her. Ich rannte weiter, meine Kräfte schwanden mit. Als es nur noch einen Weg gab, rannte ich diesen entlang und als ich vor einer Mauer Halt machte, wusste ich, das war eine Sackgasse. Als ich mich langsam umdrehte, sah ich Dylan mit der Waffe direkt auf mich gerichtet vor mir stehen. Aus der Not heraus schrie ich hektisch und hob meine Hände hoch.

Lory: „Was auch immer du willst, bitte lass mich in Ruhe. Du bekommst alles, was du willst!"

Dylan: „ALLES WAS ICH BRAUCHE BIST DU! Du bist der Schlüssel zum Geld!"

Dylan näherte sich unaufhaltsam. Die Waffe immer noch auf mich gerichtet. Ich hatte keine Fluchtmöglichkeit. Ich versuchte, ruhig zu bleiben, obwohl die Angst mich überwältigte. Dylan stand nur noch wenige Zentimeter vor mir. Plötzlich senkte er die Waffe und griff nach meinem Hals. Aus seiner Hosentasche zog er ein weißes Tuch hervor. Er hielt es mir vor dem Mund und die Nase.

Ich kämpfte verzweifelt, doch sein Griff war zu stark. Meine Kräfte schwanden, Schwindel überkam mich und schließlich wurde alles schwarz um mich herum.

Ich hörte die Stimme von Dylan, während ich mich in einem benebelten Zustand befand. Ich spürte, dass ich auf dem Boden lag. Als ich langsam zu mir kam und meine Sicht sich ein wenig klärte, bemerkte ich Dylan neben mir stehen, der mich intensiv anschaute. Ich brach den Blickkontakt ab und begann, den Raum um mich herum zu erkunden. Es war eine Holzhütte mit einer Tür und nur einem Fenster. Als ich aus dem Fenster schaute, sah ich nur Bäume, aber es war etwas dunkler. Es sind wahrscheinlich ein paar Stunden vergangen. Plötzlich wurde ich aus meinen Gedanken gerissen, als Dylan anfing zu schreien.

Dylan: „Es ist nutzlos, du wirst immer dumm bleiben! Ist das so schwer zu verstehen?! Du hättest auf mich hören und mich heiraten sollen!"

Ich antwortete vorsichtig, aber dennoch bestimmt. Ich kam direkt zur Sache und entschied mich, Dylan sofort nach dem Deal zwischen ihm und meiner Mutter zu befragen.

Lory: „Was war das für ein Deal zwischen dir und meiner Mutter?"

Dylan: „Das ist nicht deine Mutter! Diese Schlampe hat dich damals aus dem Krankenhaus mitgenommen, weil sie selbst keine Kinder bekommen konnte! Sie will das Geld von deiner richtigen Familie!"

Ich war verwirrt. Meine Mutter war nicht meine leibliche Mutter?

Lory: „Und, was soll das Ganze? Warum mich heiraten, warum mich umbringen?"

Dylan: „Geld, Lory. Es dreht sich immer um das verdammte Geld. Deine vermeintliche Mutter konnte keine eigenen Kinder bekommen und sah in dir eine Möglichkeit, an, das Vermögen deiner leiblichen Familie zu gelangen. Bevor wir uns kannten, hat sie mich in einer zwielichtigen Bar kennengelernt. Wir hatten eine Affäre, aber als ich herausfand, dass deine leibliche Familie wohlhabend ist, konnte sie es nicht riskieren, dass ich alles auffliegen lasse. Also schlug sie vor, dass du und ich heiraten, und sie dann deine leiblichen Eltern kontaktieren würde, um Geld zu erpressen. Sollte das nicht klappen, wäre es ein Leichtes für mich, dich und deine vermeidliche Mutter umzubringen, denn wenn ich nicht das Geld bekomme, tut das keiner!"

Ich wurde sauer! Ich stand auf und schubste Dylan! Ich schrie!

Lory: „Wie könnt ihr nur! Ich wünsche mir, dass ihr alle beide in der verdammten Hölle schmort!"

Dylan umfasste meine Schultern und schlug mir auf den Kopf mit der Waffe. Mir wurde schwindelig.

Dylan: „Wage es nicht, mich anzuschreien!"

Ich fasse es nicht, alles war eine Lüge. Meine ganze Existenz basierte auf eine Lüge! Kurz bevor ich richtig realisieren konnte, was alles passiert war, schrie Dylan los und ließ mir keine Zeit, um mich irgendwie zu wären.

Dylan: „STIRB LORY! WENN ICH DICH NICHT HABEN KANN TUT DAS KEINER!"

Plötzlich hörte ich einen lauten Schuss und fiel zu Boden. Mein Kopf schlug auf den harten Holzboden auf und ein stechender Schmerz durchzog meine Brust genau links neben meinem Herzen. Instinktiv legte ich meine Hand auf die Wunde. Meine Brust, sie war blutüberströmt.

Lory: „Was hast du getan?!"

Dylan: „ICH SETZE DEM EIN ENDE LORY!"

Er kniete sich auf mich und starrte mich von oben herab an, tief in meine Augen. Mit seinem Finger drückte er in meine Schusswunde. Mir wurde schwarz vor Augen, ich hatte keine Kraft mehr, um zu schreien.

Lory: „Dylan ... Wieso tust du das? Ich, ... ich kann dich nicht heiraten ... Ryan ..."

Dylan: „OH NEIN, NICHT RYAN! ICH LORY, ICH! DU BEDEUTEST RYAN NICHTS ODER SIEHST DU IHN HIER IRGENDWO?!"

Lory: „Ich, ... ich kann nichts sehen ... bei dir nichts fühlen ..."

Plötzlich wurde alles schwarz. Es geschah wie in Zeitlupe. Ich hörte nur noch, wie eine Holztür zuschlug. Eine Männerstimme. Ich kannte sie, aber konnte sie aktuell nicht zuordnen.

Dann hörte ich nur noch den Teil eines Satzes, danach wurde alles dunkel und still. ???: „DYLAN! Stop! Nicht Lory! Nicht jetzt! Nicht heute! Ich weiß, wer du bist und was du ..."

Kapitel 6: Ryans Sicht

Ryan: „Leon, komm! Ich höre Lory aus der Hütte rufen! Dylan ist bei ihr! Meine Lory … Bitte, ihr darf nichts passieren!"

Leon: „Geh vor, ich komme mit der Schrotflinte hinterher! Rette dein Mädchen!" Ich rannte den Schreien nach, dicht hinter mir war Leon mit der Schrotflinte. Als wir bei der Hütte angekommen waren, stieß ich die Tür auf und tatsächlich waren Dylan und Lory in der Holzhütte.

Ryan: „Dylan stopp! Nicht Lory! Nicht jetzt! Nicht heute! Ich weiß, wer du bist und was du vorhast! Es gibt eine andere Lösung. Ich gebe dir das Geld und werde keinem was verraten, aber lass meine Lory in Ruhe!"

Dylan: „Die Schlampe ist bestimmt gleich tot! Fehlst nur noch du!"

Er zielte auf mich und schoss, doch zum Glück verfehlte er. Leon, der hinter mir war und ein guter Schütze ist, reagierte schnell. Wir hatten früher oft gemeinsam gejagt, also zielte Leon auf Dylan und schoss. Dylan fiel zu Boden und Leon rannte zu ihm und trat die Waffe weg. Er kniete sich auf Dylan, sodass er keine Chance hatte zu entkommen. Ich rannte sofort zu Lory, die bewusstlos auf dem Boden lag.

Ryan: „Lory! Lory, sag doch etwas! Bitte, lass mich nicht allein!" Ich sah, dass ihre Schusswunde nahe am Herzen war und sie stark blutete und eine Blutpfütze unter ihrem Kopf immer größer wurde und sich auf dem Holzboden verteilte. Sie reagierte nicht … Da ich kein Handy mehr hatte und wir zu weit von zu Hause entfernt waren, rief ich zu Leon.

Ryan: „Leon, ruf die Polizei und einen Notarzt! Lory stirbt!"

Leon zögerte keine Sekunde und griff sofort zum Handy, um den Notarzt zu alarmieren. Wenig später traf der Notarzt ein und nahm Lory und mich mit. Während der Fahrt im Krankenwagen erklärte ich bereits, was passiert war. Ich erzählte alles - von Lorys wahrer Familie, von Dylan, von ihrer angeblichen Mutter und von dem Deal, der alles ausgelöst hatte. Einer der Sanitäter schrieb alles auf, um es der Polizei zu übergeben.

Im Krankenhaus angekommen, nahmen sie Lory direkt mit und schoben sie in den Behandlungsraum. Ich durfte nicht mit, so saß ich im Wartebereich aufgelehnt auf meine Knie und mit den Händen stützte ich meinen Kopf, ich hatte immer noch das Holzfällerhemd und eine dreckige Jeans an. Meine schwarzen Haare waren zerzaust und eine etwas längere Strähne hing mir vor den Augen, diese hatte das Haargel nicht mehr halten können. Ich saß einfach nur da und betete, dass Lory das überlebt. Es vergingen Stunden über Stunden. Ich schaute immer wieder auf die Uhr. Lief rauf und runter. Befragte jeden der Schwestern, ob sie etwas Neues wissen. Nichts. Fünf Stunden sind vergangen. Draußen war es schon dunkel. Ich sah einen Arzt auf mich zukommen und stand sofort auf. Der Arzt wollte definitiv zu mir.

Arzt: „Hallo, sind Sie der Lebensgefährte von Lory?"

Ryan: „Verlobter, ... wir wollten eigentlich heute heiraten."

Arzt: „Setzen sie sich bitte."

Ich setzte mich und hatte ein ungutes Gefühl.

Arzt: „Lorys Verletzungen sind stark. Ihr Herz wurde nur knapp verfehlt und ein Schlag und dessen Aufprall auf ihren Kopf waren fatal. Es tut mir leid, aber Lory hat eine Hirnblutung erlitten und hat ein apallisches Syndrom."

Ryan: „Was ist ein apallisches Syndrom?"

Während ich das fragte, schossen mir Tränen in die Augen. Meine Lory,... meine arme Lory

Arzt: „Lory befindet sich im Wachkoma. Durch Maschinen erhalten wir aktuell ihr Leben. Es tut mir unfassbar leid. Bitte gehen Sie nach Hause und ruhen Sie sich aus. Sie können morgen vorbeikommen und Lory sehen."

Ich war sprachlos. Das ist das erste Mal in meinem Leben, das ich mich fühle, als hätte man mir ein Teil meines Herzens entfernt. Ich merkte, wie mein Herz brach und alles keinen Sinn ergab ... Ich hatte keine Worte für den Arzt und keine Kraft, um etwas anderes zu tun als nach Hause zu fahren.

Als ich zu Hause ankam, ganz allein ohne Lory und sah, wie die Wohnung geschmückt war, brach ich zusammen und fiel auf den Boden. Neben der Kommode. Ich ballte meine Hände zu Fäusten und haute, so oft es geht auf den Boden und um mich. So lange, bis meine Hände an den Knochen blutig waren. Ich weinte und schrie.

Ryan: „SO EINE SCHEISSE!"

Als ich inmitten meines Nervenzusammenbruchs die Kommode traf, hörte ich ein Geräusch, gefolgt von einem langsam zu Boden schwebenden Blatt. Neugierig bückte ich mich, um zu sehen, was heruntergefallen war, und entdeckte einen langen, weiß-blauen Stab. Ich nahm ihn in die Hand und griff auch nach dem Blatt. Ich setzte mich auf die Couch und begann, den Stab genauer zu betrachten. „Ein Schwangerschaftstest? Da ist ein + darauf abgebildet. Ist Lory schwanger?", dachte ich und legte den Test beiseite, um den Brief zu lesen, der ebenfalls von ihr stammte. Ich begann den Brief zu lesen, den Lory mir anscheinend geschrieben hatte.

„Lieber Ryan,

es ist verrückt, was du mit mir angestellt hast. Ein Mann, den ich nicht kannte und der mich nicht kannte, hat mein Leben komplett auf den Kopf gestellt. Ich konnte nie wirklich verstehen, was Liebe bedeutet, bis du in mein Leben getreten bist. Jahrelang habe ich leid erfahren. Ich wurde geschlagen, bespuckt und beschimpft. Meine Freiheit wurde mir genommen. Ich wurde gezwungen, nach den Wünschen anderer zu handeln und sogar in meinem eigenen Zuhause vergewaltigt. Lilien sind für mich die schönsten Blumen. Sie erinnern mich an dich. Sie sind stark, aufrecht und auffällig - sie verschönern jeden Garten. Genau wie du, mein Leben. Wenn du eine Blume wärst, dann wärst du meine Lilie. Lass uns unseren Garten nur mit Lilien bepflanzen. Ich verdanke dir alles. Du hast mich aus einem Leben voller Hass, Lügen und Gewalt befreit. Ich habe so viel Glück mit dir. Du hast mir gezeigt, was wahre Liebe ist. Mein Herz erfreut sich immer wieder an deiner Anwesenheit, auch wenn du Lichtjahre entfernt bist. Ryan, mein Schatz, verbringe dein

Leben mit mir. Solltest du diesen Brief lesen, ist vielleicht etwas Schlimmes passiert oder wir sind gerade am Umziehen oder Renovieren. In diesem Fall lachen wir jetzt gemeinsam darüber, oder? Sollte jedoch etwas Schlimmes passiert sein, dann trauere nicht um mich. Ich werde immer bei dir sein, egal ob lebendig oder als Schutzengel im Himmel. Mein Herz schlägt immer im Einklang mit deinem. Ryan, ich liebe dich unendlich. Lebe weiter und vergiss mich niemals. In Liebe deine ewig dankbare Frau Lory.

PS: Ryan, Liebling!
Wir sind schwanger! Ich kann es kaum fassen! Ein kleiner Mini-Ryan oder Mini-Lory wächst gerade in meinem Bauch heran! Ich hoffe, wir sind jetzt verheiratet, dann kann ich es dir persönlich erzählen, ich wollte warten und dir von unserer Schwangerschaft erzählen, wenn wir geheiratet haben. Vielleicht ist unser Kind sogar schon auf der Welt! Wie sieht es aus? Ist es ein Mädchen oder ein Junge? Oh, ich bin so gespannt. Er oder sie wird bestimmt genauso süß aussehen wie du! Das Leben kann doch einen Sinn haben!"

Ich las den Brief und war traurig, gerührt und glücklich zugleich. Ich hatte keine Zeit das alles zu verarbeiten. Ich musste den Ärzten unbedingt mitteilen, dass Lory schwanger war! Ich legte Brief und Schwangerschaftstest beiseite und griff sofort zum Haustelefon, um die Nummer des Krankenhauses zu wählen. Als jemand am anderen Ende abhob, erzählte ich alles. Die Frau am Telefon war schockiert und versprach, einem Arzt Bescheid zu geben. Sie sagte mir, ich solle am nächsten Morgen ins Krankenhaus kommen. Ich legte auf, nahm Brief und Test mit und fiel erschöpft ins Bett. Ich konnte nicht an Verlust denken, sondern nur an mein Kind.

Am nächsten Tag saß ich bereits früh am Morgen im Auto und fuhr zum Krankenhaus. Als ich dort ankam, begab ich mich direkt auf Lorys Station. Ein Arzt erwartete mich dort und sagte, dass ich mit ihm zusammen zu Lorys Zimmer gehen solle. Als ich das Zimmer betrat, sah ich Lory dort liegen. Flach auf dem Rücken, umgeben von Maschinen und Schläuchen. Mein Herz brach bei diesem Anblick. Ich ging zu ihrem Bett, nahm ihre Hand und streichelte mit der anderen Hand sanft ihre Wange. Ich gab ihr einen Kuss auf die Stirn und konnte meine Tränen nicht zurückhalten. Es war egal, ob es als männliches Verhalten galt oder nicht. In diesem Moment war es unwichtig und ich ließ meine Gefühle einfach heraus. Nach ein paar Minuten richtete ich meinen Blick zu dem Arzt und sah, dass er bereit war, mir etwas zu erzählen, also wartete ich geduldig, bis er anfing zu sprechen.

Arzt: „Wir haben heute Morgen direkt angefangen, Lory weiter zu untersuchen. Einen Ultraschall haben wir auch durchgeführt. Es ist tatsächlich wahr, dass Lory schwanger ist. Sie ist ca. in der 12. Schwangerschaftswoche."
    Ryan: „Aber Lory liegt im Koma ... was können wir jetzt machen? Was ist mit meiner Frau und meinem Kind?"
    Arzt: „Wir können Lory im Koma lassen und holen ihr Kind, sobald es geht. Es kann immer noch aufwachsen und Lory könnte auch aus dem Koma erwachen. Ich weiß, es ist schwer."
    Der Arzt hielt kurz inne, aber ich antwortete sofort.

Ryan: „Dann machen wir das so!"

Ich war fest entschlossen. Lory und mein Kind müssen es schaffen! Wenn mein Kind annähernd so stark wie Lory ist, dann schaffen wir das! Ganz sicher!

Und so verging ein Jahr voller Erwartungen, Hoffnungen und Angst um das Leben meiner beiden geliebten Menschen ...

1 Jahr später

Ich schaue in den Himmel und sehe die Sterne funkeln. Es ist ein kalter Winterabend, aber ich fühle eine Wärme in meinem Herzen, denn ich weiß, dass Lory von dort oben auf mich herabschaut und über mich wacht. Sie wird immer einen besonderen Platz in meinem Herzen haben. Und dann ist da noch jemand, der mein Herz berührt hat. Jemand, der seit dem ersten Moment einen Platz in meinem Herzen eingenommen hat. Es ist unsere Tochter, die Lory mir geschenkt hat. Sie ist das wertvollste Geschenk, das ich je erhalten habe. Jedes Mal, wenn ich sie anschaue, sehe ich Lory in ihr. Sie ist ein Teil von uns beiden und ich werde sie immer lieben und beschützen. Das Leben geht weiter, auch wenn der Schmerz noch immer tief sitzt. Ich werde für unsere Tochter da sein und ihr ein liebevoller Vater sein. Und ich werde Lory in meinem Herzen tragen, solange ich lebe.

Meine Mutter und Leon riefen nach mir und kamen heraus und drehte mich um, sodass ich sie sehen konnte.

Meine Mutter fing an zu sprechen und gleich danach folgte Leon.

Meine Mutter: „Ryan, Schatz, wie geht es dir? Hast du uns nicht gehört?"

Leon: „Ja echt man. Guck doch mal, da ist jemand, der dich vermisst."

Dann gab Leon mir meine Tochter. Die Frau, die mich jeden Tag zum Lächeln bringt und die meine Liebe und meinem Leben ein Sinn gibt. Ich gab meiner Mutter meinen Kaffee und nahm Leon meine Tochter ab. Ich hielt sie liebevoll im Arm, eingewickelt in ein Tuch. Mit einem Finger strich ich sanft über ihre Wange, denn sie ist noch klein. Ihr kleines Gesicht und ihr bezauberndes Lächeln verzaubern mich immer wieder. Ich sprach mit ihr, obwohl sie mich noch nicht verstehen konnte.

Ryan: „Meine kleine Tochter, mein kleiner Engel, meine süße Lory. Dein Name passt so gut zu dir, und du siehst auch aus wie deine Mutter. Du bist mein ganzer Stolz. Deine Mutter liebt dich so sehr, auch wenn sie nicht mehr hier ist. Aber diejenigen, die deiner Mutter das angetan haben, wurden bestraft."

Leon: „Hey Mann", unterbrach mich Leon.

Leon: „Was ist eigentlich aus diesem Dylan und der angeblichen Mutter von Lory geworden?" Ryan: „Dylan sitzt lebenslänglich im Gefängnis wegen Mordes, Freiheitsberaubung und vielen anderen Anklagepunkten. Die angebliche Mutter von Lory befindet sich jetzt in einer geschlossenen Psychiatrie. Es ist unwahrscheinlich, dass sie jemals wieder freikommt, und selbst wenn, darf sie uns nicht sehen oder uns zu nahekommen."

Wir drei lächelten und empfanden Erleichterung über die Strafe. Es wird niemals genug sein, um den Verlust meiner geliebten Frau Lory zu vergeben, aber es ist genug, um nach vorne zu schauen. Abends saß ich im Schaukelstuhl draußen mit Lory auf meinem Schoß. Leon ist zu mir gezogen, um mich zu unterstützen, weil ich meine Arbeit vorerst aufgegeben habe, um ganz für Lory da zu sein, und meine Mutter ist zu Besuch. Lory und ich schauten gemeinsam in den Himmel. Ich sprach zum Himmel in der Hoffnung, dass Lory von oben auf uns herabschaut und mich hört.

Ryan: „Schau mal, Lory, Lory und ich sind hier. Auch wenn du nicht mehr bei uns bist, wissen wir, dass du immer über uns wachst. Wir denken jeden Tag an dich. Ich liebe dich und wir werden dich niemals vergessen. Niemals. Unsere Tochter ist genauso hübsch wie du und mit Sicherheit genauso wundervoll. Irgendwann werden wir uns wiedersehen."

Es war spät und die Kälte durchdrang meinen Körper, als wir gemeinsam ins Haus zurückkehrten. Die Dunkelheit umhüllte uns, während ich behutsam meine Tochter in meinen Armen hielt. Es war ein Moment der Veränderung, als wir ein neues Leben zu zweit begannen - als Vater und Tochter. Die Welt draußen mochte kalt und unbarmherzig sein, aber hier in unseren vier Wänden fanden wir Wärme und Geborgenheit.

Als ich Lory ins Bett legte, betrachtete ich mein kleines Wunder, das friedlich schlief, und spürte eine tiefe Dankbarkeit in meinem Herzen. In diesem Moment wurde mir klar, dass ich eine Verantwortung hatte, die größer war als alles, was ich je zuvor erlebt hatte. Ich werde mein Bestes geben, um mein Kind zu beschützen, zu lieben und zu unterstützen. Für den Rest meines Lebens.